Éloïse et les loups

Marie-Hélène Delval est née en 1944 près de Nantes. Son imagination tournée vers la littérature fantastique l'a entraînée à peupler ses histoires d'ogres et de sorcières, mais aussi de petits enfants qui ressemblent à ceux d'aujourd'hui.

Du même auteur dans Bayard Poche :
Rose cochon veut voir le monde - L'ogre qui avait peur des enfants - Un petit loup de plus - Les deux maisons de Petit Blaireau - Les trois sorcières - Un petit frère pas comme les autres - L'école des géants - Le petit roi qu'on entendait tousser - Un petit frère pour toujours (Les belles histoires)
Le professeur Cerise - Les sept sorcières - Victor, l'enfant sauvage (J'aime lire)

Ulises Wensell est né à Madrid en 1945. Il apprend les secrets de la peinture en regardant travailler son père. Connu aujourd'hui dans le monde entier pour ses illustrations de livres pour enfants, il obtient, entre autres, le prix national de l'Illustration en Espagne et le prix Critiques en herbe à Bologne.

Du même illustrateur dans Bayard Poche :
Le petit Empereur de Chine - Mélanie Pilou - Poulou et Sébastien - La dispute de Poulou et Sébastien - Les trois sœurs de Martin - Un petit frère pour toujours (Les belles histoires)
Émile bille de clown (J'aime lire)

Sixième édition

Dépôt légal : Juin 2003
Loi du 16 juillet 1949 sur les publications destinées à la jeunesse

Éloïse et les loups

Une histoire écrite par Marie-Hélène Delval
illustrée par Ulises Wensell

LES BELLES HISTOIRES
BAYARD POCHE

L'hiver fut si froid cette année-là que la mer gela.
Dans la petite maison sur la falaise
où Eloïse vivait avec Grand-Mère,
le feu crépitait* nuit et jour dans le grand poêle noir.
Une épaisse fumée sortait par la cheminée,
toute droite dans l'air glacé.
Et les mouettes rieuses venaient voler tout autour
pour se réchauffer.

* Ce mot est expliqué page 28, n° 1.

Et puis un matin, la fumée se fait toute mince.
Dans le grand poêle noir,
il ne reste plus qu'un tout petit feu.
Éloïse dit : – Grand-Mère,
nous n'avons presque plus de bois,
il faut que j'aille faire des fagots* dans la forêt.
Grand-Mère s'écrie : – Non, oh non, Éloïse !
Tu ne peux pas aller dans la forêt.
Il fait si froid que tes mains gèleraient.
Avec le petit bois qui nous reste,
nous avons encore de quoi nous chauffer
un jour et une nuit.
Alors il commencera peut-être
à faire un peu moins froid.

* Ce mot est expliqué page 28, n° 2.

Le jour passe, puis la nuit.
Le matin suivant, la mer est toujours gelée,
et dans le gros poêle noir le feu est éteint.
Éloïse dit : – Grand-Mère,
nous n'avons plus du tout de bois,
je vais aller faire des fagots dans la forêt.
Grand-Mère s'écrie : – Non, oh non, Éloïse !
Tu ne peux pas aller dans la forêt.
Il fait si froid que tes pieds gèleraient.
Nous allons mettre nos manteaux,
nos moufles et nos capuchons.
Cela nous tiendra bien assez chaud
encore un jour et une nuit.
Alors il commencera peut-être
à faire un peu moins froid.

Le jour passe, puis la nuit.
Le matin suivant, la mer est toujours gelée.
Et dans la petite maison sur la falaise,
il fait terriblement froid.
Alors Éloïse ouvre la porte et elle sort en disant :
– Je vais dans la forêt, Grand-Mère,
je vais faire des fagots.
Puis elle sourit et elle ajoute :
– Je rapporterai même un petit sapin,
puisque c'est bientôt Noël !
Et cette fois, Grand-Mère ne dit rien.
Elle regarde Éloïse partir, tirant derrière elle
le petit traîneau où elle empilera ses fagots.
Éloïse marche à grands pas sur le sol gelé qui craque.
Bientôt, elle est dans la forêt toute couverte de givre*.
Elle se dit, pour oublier le froid : « Comme c'est joli,
on dirait une forêt de verre ! »
Et, de temps en temps, elle souffle dans ses doigts.

* Ce mot est expliqué page 28, n° 3

Éloïse se met à ramasser des branches,
à les lier en fagots et à les poser sur le traîneau.
Elle chante de toutes ses forces pour oublier le froid.
Soudain, elle entend comme un petit cri.
Ça fait piu-piu-piu !
Et là, par terre, elle voit un tout petit rouge-gorge
qui gonfle ses plumes pour se protéger du froid.
Et le petit rouge-gorge fait piu-piu-piu
en regardant Éloïse.

Elle dit : – Oh, je comprends, tu as faim.
Il ne reste rien à picorer dans cette forêt de verre !
Éloïse sort le pain qu'elle a dans sa poche.
Elle s'accroupit, elle ôte ses moufles,
elle émiette le pain,
et le petit rouge-gorge mange, mange.
Puis il s'envole en criant : – Piu-piu-piu !
Mais cette fois, c'est un petit cri content
qui veut dire : « Merci, merci, merci ! »
Éloïse remet ses moufles et elle souffle dans ses doigts.
Elle pense : « Grand-Mère avait raison,
mes mains sont presque gelées.
Allons, je fais encore un fagot et je rentre à la maison. »
Et, tirant son traîneau,
elle s'enfonce un peu plus dans la forêt.

Éloïse finit son dernier fagot
quand elle entend un drôle de cri.
Ça fait graou-graou-graou !
Et là, derrière une souche, elle voit un ourson
qui s'est pris la patte dans un méchant piège
posé par les chasseurs.
Et l'ourson fait : – Graou-graou-graou !
en regardant Éloïse.
Elle s'écrie : – Ne pleure pas, je suis là !
Elle ouvre les mâchoires du piège
en les retenant avec son pied de toutes ses forces.
Et l'ourson se sauve en léchant sa patte
et en faisant : – Graou-graou-graou !
Mais cette fois, c'est comme
un petit rire qui veut dire :
« Merci, merci, merci ! »
Éloïse lâche le piège,
mais, en se refermant,
il déchire sa botte.
Alors Éloïse commence
à avoir peur.

Elle pense : « Grand-Mère avait raison.
Mes mains sont gelées
et bientôt, mes pieds seront gelés aussi.
Il faut que je rentre vite à la maison. »
Elle saisit la corde du traîneau
et elle se met à courir aussi vite qu'elle peut.
Et puis soudain elle s'arrête,
parce qu'elle ne sait plus où elle est.
Pourtant elle connaît bien la forêt.
Mais avec ces arbres tout blancs, ces arbres gelés,
elle ne reconnaît plus rien.
Éloïse est prisonnière de la forêt de verre.
Elle court un peu à droite, un peu à gauche.
Ses mains sont gelées, ses pieds sont gelés
et les larmes gèlent sur ses joues.

Alors elle s'arrête.
Elle se laisse tomber sur le sol glacé, tout engourdie.
Elle ne sent plus le froid.
Elle est bien, si bien. Elle pense encore :
« Il ne faut pas que je dorme, il ne faut pas ! »
Puis elle ne bouge plus.
La nuit est tombée maintenant.
Éloïse s'est endormie de froid dans la forêt de verre.
Alors on entend un long cri. Ça fait hou-hou-hou !
Ce sont les loups...
Les loups entourent Éloïse endormie
et le plus vieux d'entre eux dit :
– Quand elle ne dort pas,
cette chose marche sur deux pieds,
comme les chasseurs.
C'est sûrement une sorte de chasseur !
Les autres loups approuvent :
– Oui, un chasseur, hou-hou !
Vieux-Loup reprend :
– Et les chasseurs, qu'en faisons-nous,
nous les loups ?
Et les autres loups répondent :
– Nous les dévorons, hou-hou !

Alors une petite branche craque.
Un couple de rouges-gorges avec leur petit vient de se poser devant le nez de Vieux-Loup.
Père Rouge-Gorge se met à crier : – Piu-piu-piu ! Arrière, les loups !
Ceci n'est pas un chasseur, c'est une petite fille.
On ne dévore pas les petites filles !
Et celle-ci a donné à manger à notre petit qui s'était éloigné du nid !
Vieux-Loup ricane : – Allons, pousse-toi, microbe, ou je t'écrase d'un coup de patte !
Mais alors le sol tremble et deux ombres énormes suivies d'une plus petite surgissent* dans la clairière.
Une grosse voix tonne : – Arrière, les loups !
Ceci n'est pas un chasseur, c'est une petite fille.
On ne dévore pas les petites filles !
Et celle-ci a délivré notre ourson du piège des chasseurs !
Vieux-Loup grogne : – D'accord, Gros-Ours, ne te fâche pas, on ne savait pas !
Et aussitôt la meute* des loups disparaît sans bruit au fin fond de la forêt.

* Ces mots sont expliqués page 29, n° 4 et n° 5.

Gros-Ours soulève Éloïse dans ses grandes pattes, puis il demande : – Où habite cette petite fille ?
– Graou-graou-graou, je ne sais pas, répond l'ourson.
– Piu-piu-piu, je n'en sais rien, répond le petit rouge-gorge. Alors on entend un bruit d'ailes et un grand éclat de rire. C'est une mouette rieuse qui vient de la mer. Elle crie : – Ah-ah-ah-ah, je sais, moi ! Elle habite avec Grand-Mère dans la petite maison en haut de la falaise. Suivez-moi, c'est par là ! Et la mouette ajoute :
– N'oubliez pas le traîneau avec les fagots. Ah, et aussi un petit sapin, si vous en trouvez un. Les humains les installent tout décorés dans leurs maisons quand c'est Noël. Et justement, Noël, c'est demain !

Et au petit matin,
Grand-Mère, qui guettait devant sa porte,
bien inquiète, voit arriver de loin
Gros-Ours portant Éloïse endormie.
Dame-Ours tire le traîneau chargé de fagots,
Ourson tient un petit sapin
et les trois rouges-gorges apportent dans leurs becs
des branches de houx
couvertes de petites boules rouges.
Et comme ce matin-là,
il fait un peu moins froid,
la mer, là-bas, s'est remise à clapoter*.
Et au-dessus de tout cela,
une grande mouette rieuse tournoie en criant :
– Ah ah ah ah ! Joyeux Noël, joyeux Noël !

* Ce mot est expliqué page 29, n° 6.

Les mots de l'histoire

1. Un feu,
quand il brûle bien,
fait de petits bruits
qui pètent et qui
claquent : il **crépite**.

2. Un **fagot**, c'est un
paquet de petites
branches attachées
ensemble.

3. Quand il fait
très froid, les
arbres, les prés
deviennent tout
blancs, ils se
couvrent d'une
très fine couche
de glace, le **givre**.

4. Quelqu'un ou quelque chose **surgit** quand il apparaît brusquement alors qu'on ne s'y attendait pas.

5. Une troupe de chiens de chasse ou une troupe de loups s'appelle une **meute**.

6. L'eau agitée de petites vagues fait un joli bruit. On dit qu'elle **clapote**.

LES BELLES HISTOIRES

Le plaisir des premières histoires partagées

Se faire peur et frissonner de plaisir Rire et sourire avec

des personnages insolites Réfléchir et comprendre la vie de

tous les jours Se lancer dans des aventures pleines de

rebondissements Rêver et voyager dans des univers fabuleux

Achevé d'imprimer en mars 2003 par OBERTHUR Graghique
35000 RENNES – N° Impression : 5081
Imprimé en France